LES GUÊPES

d'Alphonse Karr,

OU

LES BREBIS DE BUFFON.

Piqûres en vers

> *Suum cuique.* »

PRÉCÉDÉES D'UNE NOTICE SUR LES PRINCIPAUX AUTEURS
CONTEMPORAINS.

PAR

M. E. BOUCHEREAU,

Auteur de l'*Enfant du Peuple*; du *Suicide poétique*;
de *Neuf ans après*, etc., etc.

Paris,

CHEZ TOUS LES MARCHANDS DE NOUVEAUTÉS.

JUILLET 1840.

LES GUÊPES

d'Alphonse Karr,

OU

LES BREBIS DE BUFFON.

Piqûres en vers

» *Suum cuique.* »

PRÉCÉDÉES D'UNE NOTICE SUR LES PRINCIPAUX AUTEURS
CONTEMPORAINS.

PAR

M. E. BOUCHEREAU,

Auteur de l'*Enfant du Peuple;* du *Suicide poétique;*
de *Neuf ans après,* etc., etc.

Paris,

CHEZ TOUS LES MARCHANDS DE NOUVEAUTÉS.

JUILLET 1840.

VESAILLES.— IMPIMEIE DE MICHEL FOSSONE,
avenue de Saint-Cloud 5.

LES GUÊPES

D'Alphonse **KARR,**

ou

LES BREBIS DE BUFFON.

———◆———

O siècle destructeur ! honte des nations !
Quand donc chasseras-tu loin de toi la folie...
Quand donc guériras-tu tes fils de la manie
    Des imperfections.

Balzac, depuis longtemps, endormait ses lecteurs
Avec ses plans diffus, sans objet ni substance ;
Et bientôt le dégoût chassait l'indifférence,
Quand il peignait les mœurs.

Déjà, Victor Hugo, *constructeur* de Ruy-Blas,
Gémissait sur l'arrêt des juges de ce drame,
Et murmurait tout bas en lisant *Notre-Dame :*
Mon temps est fait, hélas !

Puis, voyant au grand jour son incapacité,
Pour se rendre éligible, il vendait avec peine
Des œuvres qui devaient lui donner un domaine,
Pour être député.

Alors, De Lamartine, oiseux contemplateur,
Comme l'Ange déchu de son apothéose,
Délaissait des vers secs pour endormir en prose
Son sévère auditeur.

Et Frédéric S....., guidé par le démon,
En prêchant la vertu, fesait orgie et dette ;
Et vendait à vil prix, pour cause de disette,
    Sa plume et son renom.

Puis un hermaphrodyte, après quelques essais,
Succombant sous le poids d'une horrible démence,
Assommait le public en lui donnant « *Clémence* »
    Sous un air de succès.

Alexandre Dumas, *in viâ* Rivoli,
En tisonnant son feu, commençait ses voyages ;
Il se multipliait et goûtait les usages
    Du vieux mont Sinaï.

Georges Sand, l'amazone, auteur d'Indiana,
Humait son caporal et son sou d'eau-de-vie,
Puis *chauffait* un sujet aux flammes du génie
    Et d'un bleu *gloria*.

Paul de Kock, tout joyeux, contemplait ses canards,
Et décrivait les mœurs de cette volatille,
Il vantait son bonheur et son esprit fertile;
    Puis huait les jobards.

Masson, Lucet aidant, ressuscitait les morts;
Jules Janin livrait son *Chemin de Traverse*;
Théophile Gautier à sa plume perverse,
    Confiait de noirs remords.

Saint-Hilaire et Norvins reportaient à trente ans;
Dumanoir et consorts égayaient les soirées;
D'autres, en feuilletons, rapportaient les journées,
    Et tous étaient contens.

Philosophes, docteurs, académiciens,
Tous gens à cerveaux creux, en sortant de leurs couches,
Allaient, clopin clopant, se mettre sous des douches,
    Pour repousser les liens.

Chaque littérateur, par de communs sentiers,

Recueillait des sifflets, plus souvent des hommages;

Il innovait toujours sans heurter les usages,

    Et cueillait des lauriers.

Quand oisif et jaloux, un jeune écervelé,

Veut en cueillir aussi. Près d'eux il jette l'ancre.

Mais, malgré ses *Tilleuls* et sa bouteille à l'encre,

    Il est pauvre et sifflé.

Et cependant les siens ont eu pitié de lui;

Et pourtant les journaux ont écrit : « C'est sublime! »

Lui-même s'est prôné, s'aidant d'un pseudonyme,

    Et le peuple a fait fi.

L'artiste impartial voulut le parcourir,
Mais son chef devint lourd, puisqu'il semblait être ivre.
Bref, dégoûts et dédains lui fermèrent un livre
Qui le faisait dormir.

Karr, outré de dépit, ne souffle pas un mot.
Pourtant au fond de l'ame, il insulte l'artiste ;
Il se dit en fureur : « C'est un lâche égoïste
Et le peuple est un sot. »

Cet arrêt repoussant lui donne de l'humeur ;
Il crie à l'injustice et son cri se répète,
Bientôt il se convainc que son œuvre est parfaite,
Et se professe auteur.

Profondément vexé de n'être pas compris,
Il rêve, il rêve encore et trouve une vengeance :
Fier du nom qu'il se donne, il veut de sa science,
Assommer tout Paris.

Mais il n'a pas d'argent ! Comment s'en procurer ?

Bath, il en trouvera, c'est chose assez facile,

Dût-il vendre sa plume au premier imbécile

Qui voudra l'acheter.

— Ce moyen est honteux ! — Lecteur qui dit cela

Connais donc bien l'auteur : pour un doigt de champagne,

Il fera de son mieux l'histoire de l'Espagne,

Puis apostasiera.

J'achève son portrait et nu tu vas le voir :

Libéral comme Thiers, fidèle comme Barthe,

Versatille et rampant, il est, narguant la Charte,

Le valet du pouvoir.

On connaissait A. Karr, on voulut l'exploiter ;
Il marchait en avant, on vint à sa rencontre ;
Il sait qu'on le recherche, à Bert... il se montre.
    Bert... veut l'acheter.

Chacun a dit son mot, mais le prix n'est pas fait :
Karr pour certain motif, trouve le franc utile.
Bert... pour sa mandante, en offre douze mille,
    Et l'on est satisfait.

Et, quelques mois après, librairie et bazar
Renfermaient un livret intitulé les *Guêpes*
(Que bien des gens d'esprit voilèrent de longs crêpes),
    Signé d'Alphonse Karr.

Alors pour l'acheter vinrent gens de tout rang.

On chercha, mais en vain, ses nombreuses morsures,

Et l'on n'aperçut pas, je gage, deux piqûres :

>   Puis l'on pleura son franc.

« L'homme en naissant, dit-on, devient présomptueux. »

Cette maxime est juste et ces mots sont d'un sage.

Oui, la présomption de l'homme est l'apanage,

>   S'il n'est pas vertueux.

Mais ce vice de l'homme est aussi l'assassin,

Puisqu'une fois lancé rien n'arrête sa marche ;

Il noie imminemment, car sans port ni sans arche,

>   C'est un profond bassin.

On se croit du génie, on est innovateur ;
A force de changer on forge une sottise,
On est hué, sifflé, puis on vous satirise :
    Tel est A. Karr, *l'auteur.*

Oui, tel est *cet auteur* ; il veut piquer les gens,
Mais il renverse tout. Il fait les guêpes biches ;
Il connaît leur instinct, il les met en bourriches,
    En dépit du bon sens.

Dans ses nombreux traités, certain auteur a mis :
« La guêpe est laborieuse, instruite et fort méchante. »
Eh bien ! Karr l'a fait douce, ennuyeuse, indolente,
    Bref, il l'a fait brebis.

Son livre est si diffus qu'il paraît un projet ;
Ses pensers trop payés ne peuvent se revendre ;
La satire est trop plate, on ne peut la comprendre,
    En fût-on le sujet.

Enfin tout son ensemble est jugé si mauvais,

Que les docteurs, par lui, remplacent l'émétique.

L'amateur de bon mot le trouve *Philippique*.

Tous le trouvent niais.

Voilà de ce guêpier, les célèbres héros !

Bâtard de la montagne, il fit bruit et promesses,

Mais ses bourdonnemens n'aspirant qu'aux richesses,

Ont conçu, quoi?... des mots.

En parcourant ces vers, bien haut Karr va crier :

— « L'auteur est un méchant, sa brochure est inique. »

— Mais non, l'auteur à bout, a fait de la critique,

Sans croire injurier.

Il savait que jadis la dure pauvreté,
Avait marqué sur lui ses pratiques austères ;
Il savait qu'avant lui, tels existaient ses pères ;
    Il n'a rien raconté.

Il savait qu'en pleurant, tous les jours au matin,
Pour cacher au public un défaut de chemise,
D'une longue cravatte, il étudiait la mise,
    Sans apaiser sa faim.

Il savait tout cela, mais devant le malheur
Il se tut. Et songeant qu'un roman, dans sa vie,
Amènerait l'aisance, il devint son Messie,
    Et ne fut pas censeur.

Mais aujourd'hui l'aisance a chassé le besoin ;

Et d'un nom d'avenir, il dore des chimères,

Eh bien! à ses guêpiers, plaçons quelques bergères,

Et donnons-lui du foin.

E. BOUCHEREAU.

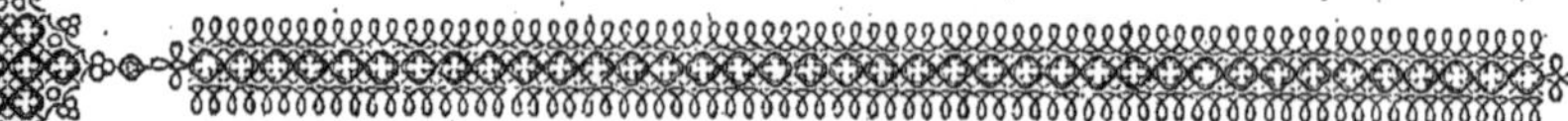

Versailles. — Imprimerie de Michel FOSSONE, avenue de Saint-Cloud, 3.